VILLE DE TOULON

CONCOURS DE POÉSIE FRANÇAISE

PIERRE PUGET

PAR

JEAN AICARD

(MÉDAILLE D'OR)

TOULON

TYPOGRAPHIE L. LAURENT, RUE NATIONALE, 49

1873

VILLE DE TOULON

CONCOURS DE POÉSIE FRANÇAISE

PIERRE PUGET

PAR

JEAN AICARD

(MÉDAILLE D'OR)

TOULON

TYPOGRAPHIE L. LAURENT, RUE NATIONALE, 49

1873

A   MA   VILLE   NATALE

A TOULON

CES   VERS   SONT   DÉDIÉS

J. A.

L'administration municipale de Toulon avait décidé qu'une Exposition des Beaux-Arts, et divers concours de Poésie, d'Histoire et d'Archéologie auraient lieu à l'occasion du Concours régional qui s'est tenu à Toulon, en avril 1873.

La Société académique du Var, chargée par M. Allègre, Maire de Toulon, d'organiser cette Exposition et ces concours, a donné pour sujet de Poésie française PIERRE PUGET.

La Ville de Toulon a proposé comme prix de Poésie française une *Médaille d'or*, qui a été décernée à M. Jean Aicard, le 7 juin 1873.

———

Le paragraphe VI tout entier et les vingt-huit premiers vers du paragraphe VIII ne faisaient pas partie de l'œuvre quand elle a été soumise au jury.

PIERRE PUGET

I

C'est non loin de Marseille, au bord des flots qui font
D'étranges bas-reliefs dans le rocher profond,
A Séon, sur un sol riche de terre glaise
Durcissante au soleil et rouge comme braise,
Que d'un tailleur de pierre est né le grand Puget.

Enfant, il contemplait le rivage, et songeait.
Il regardait, ravi, les potiers sur leur roue
Former du doigt un vase avec un peu de boue,
Et son père tailler le bloc informe et dur,
Et les galères d'or, cinglant en plein azur,
Errantes de Toscane aux plages de Marseille,
Baigner leurs flancs sculptés dans l'écume vermeille.
Enfant, il façonnait l'argile dans ses jeux.
Un aigle volant bas, par un temps orageux,
Ayant un jour plané menaçant sur sa tête,
Il modela, dit-on, cet oiseau de tempête.
Un autre jour, il fit un bateau, qu'il sculpta.
Ainsi, même en ses jeux son génie éclata,
Et devers l'Italie, où le soleil se lève,

Les galères souvent l'emportèrent en rêve,
Jusqu'à ce qu'il suivît leur sillage brillant,
Chemin de gloire et d'or vers l'aurore fuyant.

Il partit. Il vit Gêne ; il vit Florence et Rome.

Que t'a dit Michel-Ange à Saint-Pierre, ô jeune homme ?
— Ouvrier qu'un divin souci déjà rongeait,
Jeune homme qui devais être un jour le Puget,
Voici ce que t'a dit Michel-Ange à Saint-Pierre :
« Comme ton père et moi, fils, sois tailleur de pierre ! »

Soit. Mais ce que lui dit la mer aux vastes eaux
Où plongeait l'éclatant éperon des vaisseaux,
Il ne l'oublia pas non plus, l'enfant sauvage
Qui passait tout un jour, couché sur le rivage,
L'œil fixé sur les flots pleins des feux du soleil.
Michel-Ange et la mer lui donnèrent conseil,
Et firent la grandeur de son génie étrange,
Car ces maîtres sont grands : la mer et Michel-Ange !

II

Or, il fut peintre aussi. Mais le brutal regret
Du marbre, en ses tableaux se lit à chaque trait.
Il regrette les blocs énormes que l'on taille,
Et ce rêve obsesseur suit la main qui travaille.
Bientôt donc dans le bois de chêne, avec amour
Il fouille l'ornement et les panneaux à jour ;

Tout à coup, il s'échauffe ; il sent cette matière
Obéir à ses doigts faits pour dompter la pierre ;
Il imagine, il veut ; et les bois assouplis
Deviennent la fleur frêle ou l'étoffe aux longs plis.....

Et le voici sculptant, à son tour, ces galères
Qu'il fait lourdes d'un monde, et qui restent légères ;
Par groupes, sur leurs flancs dorés et radieux,
Sa main d'homme suspend tout un peuple de dieux,
Tritons qui, pour souffler dans les conques marines,
Gonflent leurs cous nerveux et leurs larges poitrines,
Syrènes aux seins nus qui nagent en chantant,
Chevaux marins cabrés dans le flot miroitant
Sous le trident royal de Neptune qui gronde,
Et là-haut, par dessus ce peuple fait pour l'onde,
Entre les fins balcons à l'arrière étagés,
Des déesses tendant de leurs bras allongés
Vers l'immense horizon, Chimères ou Victoires,
Leurs clairons d'or jetant des bruits qui sont des gloires !

Mais le marbre attendait le Puget à son tour ;
A ce travail de fête il ne donna qu'un jour,
Car c'est comme une fête, un triomphe de joie
De sentir sous sa main du chêne que l'on ploie,
Et plus tard, tout autour du navire royal,
De voir l'œuvre achevé, tout un monde idéal,
Corps plongés à demi dans l'onde qui murmure,
Suivre le beau vaisseau, d'une imposante allure.
Mais ce bois ouvragé, combien durera-t-il ?
Tout pour lui, l'eau, le vent, le feu, tout est péril ;
Et maintenant Puget, qui songe à la tempête,
Est plein d'ennuis, ainsi qu'un sage après la fête !

III

Allons, maître, prends-moi des moëllons, du ciment !
Car un mur bien bâti dure éternellement !
Tu dois fonder avec de la chaux et du sable,
Et surtout employer la pierre impérissable.
La mer t'avait menti, Michel-Ange a raison.
Ouvrier, fais des plans, construis une maison ;
Bien... Décore à loisir la façade... A merveille !
Travaille ; fais plus belle et plus grande Marseille,
Fais ; ajoute une ville à l'ancienne cité,
Et bâtis en maçon ton immortalité !

IV

Or, à Toulon, un jour, sous un soleil attique,
Bâtissant un balcon au-dessus d'un portique,
En face de la rade, au midi, sur le quai,
Juste à ce point plus large où le blé débarqué
S'entasse, se mesure et s'emporte à dos d'homme,
Sous leurs sacs, faits plutôt pour des bêtes de somme,
Comme les portefaix, reins courbés, douloureux,
Soutenaient le sac lourd d'une main, derrière eux,
Et de l'autre faisaient de l'ombre sur leur face
Que les rayons aigus forçaient à la grimace,

Maître Puget les vit, et bientôt, sous sa main,
Les appuis du balcon prirent un air humain ;
La pierre aussi souffrit, criant : Qu'on me délivre !
Sous les doigts du Puget elle se mit à vivre,
Et depuis lors on voit, portant leur poids massif,
Les flancs plissés, les bras tordus, le front passif,
Subissant la nuit froide et les midis torrides,
Sublimes portefaix, les deux Cariatides !

V

C'est ainsi que Puget taillait la pierre, lui !
Ainsi qu'il bâtissait ; ainsi que, plein d'ennui,
Il forçait la matière à dire sa souffrance ;
Et c'est lui cependant, sculpteur du Roi de France,
Dont on marchandait l'œuvre, et qui dut mendier
Ces blocs qu'avait faits Dieu pour un tel ouvrier !
Il a subi Colbert, puis Louvois économe ;
Du moins sut-il garder son orgueil de grand homme :
« Le roi peut, disait-il, (Louvois l'interrogeait),
« Faire cent généraux, mais non pas un Puget ! »
Et c'est ainsi que lui faisait une réponse !
En dépit du sourcil olympien qui se fronce,
Comment eût-il tremblé, même devant le roi,
Lui qui disait: « Le marbre est tremblant devant moi ! »
Gène l'a mieux traité ; Rome, Naples, Florence,
L'Italie aurait mieux honoré que la France
Le sublime artisan, l'ouvrier mal compris.
Le roi Louis payait l'Andromède à vil prix ;

Versailles dédaignait un peu le Diogène ;
N'importe. Le sculpteur, que la superbe Gêne
Aurait rangé parmi ses fiers patriciens,
Aima mieux rester, France, un de tes citoyens.
C'est qu'il sut le devoir, le brun fils de Marseille !
C'est qu'il avait le cœur d'un héros de Corneille !

VI

Pierre Puget travaille. Entrons dans l'atelier
Où peine tous les jours le robuste ouvrier.
Autour de lui, projets, ébauches, formes nues,
Ce sont de tous côtés des figures connues,
Expressions d'esprit moderne et d'art chrétien.

Ici, c'est un martyr mourant : saint Sébastien.
Les poignets sont liés à deux branches d'un arbre ;
Un espoir infini vit dans ses yeux de marbre ;
Mais, malgré la poitrine où respire un effort,
On sent que les deux bras tendus portent un mort.
Ses armes sont auprès de lui, faisant trophée ;
Or, si la force a fui la poitrine étouffée,
La cuirasse a gardé, merveilleux vêtement,
La forme du beau corps, jeune, noble et charmant ;
La vie est dans ce fer de cuirasse romaine,
Et le trophée est beau de cette forme humaine.

Et regardez ; voici l'Andromède : O douleur !
Enchaînée au rocher que bat le flot hurleur,

La vierge, frêle enfant, sentait l'horreur de vivre ;
Mais Persée apparaît ; il vient ; il la délivre,
Et tandis que, debout, le héros triomphant,
Colosse auprès de qui la vierge est une enfant,
La délie, un Amour, voyez, lui vient en aide....

O Puget ! cœur cloué sur le roc d'Andromède !

Voici le Diogène : Alexandre à cheval,
Parmi son appareil pompeux et triomphal,
S'est arrêté devant le fameux philosophe.
Selle en peau de lion, chaussure, armes, étoffe,
Tout est bien ciselé, riche et digne d'un Roi.
Le cynique : « Ote-toi de mon soleil ! » — « Eh quoi !... »
La main sur sa poitrine, Alexandre s'étonne.
Diogène est assis sur le bord d'une tonne ;
Un gros dogue enchaîné le reconnaît ; au loin,
Une haute colonne est debout, grand témoin.
La ville en monuments s'étage tout entière,
Et l'on sent qu'en ce lieu de gloire et de lumière,
Le maigre Diogène, aux chiens errants pareil,
Pense à la liberté quand il dit : Mon soleil !

C'est Alexandre encor, cette petite ébauche :
Jeune, calme, orgueilleux, le conquérant chevauche,
Serrant dans ses genoux sa bête aux jarrets forts,
Et le cheval et lui semblent n'être qu'un corps.
Le conquérant, centaure étrange à double tête,
Fatal et magnifique, à la fois homme et bête,
Cheval au front de bœuf qu'un Esprit a dompté,
Esprit par une Brute à la course emporté,
Poursuit au grand galop sa course par le monde ;

Et sous le ventre épais, masse de chair immonde
Qui cherche aveuglément des têtes à broyer,
Des hommes écrasés hurlent ! — L'un, beau guerrier,
(Est-ce un chef de la Grèce ou n'est-ce qu'un roi perse ?)
A dû choir à genoux et gît à la renverse,
Les jarrets repliés, les pieds collés aux reins.
Son dos est soulevé sur des tronçons d'airains ;
Sa bouche, sous le pied du cheval qui s'élance,
S'ouvre, et la mort l'emplit d'horreur et de silence !
Un autre, piétinant ce cadavre étendu,
Se courbe, non encor tombé, déjà perdu ;
D'autres aussi sont là ; fatigués de combattre,
Certains que ce cheval pesant les doit abattre,
Ils sont là presque droits, superbes et meurtris,
Lançant les derniers traits, poussant les derniers cris,
Sous le fardeau vivant vainement intrépides...
..... Je vous retrouve encore ici, Cariatides !

VII

Mais regardons l'artiste au teint jaune : nerveux,
En sueur et le front couvert de ses cheveux,
Puget, maillet en main, façonne un bloc énorme
Qui lentement s'ébauche et par degrés prend forme.
Il taille en plein le marbre ; il frappe, et l'on entend
Ce bûcheron pousser un soupir haletant ;
Le marbre frissonnant s'étonne de sa force !
Un chêne jette au loin de longs éclats d'écorce,
Lorsque le bûcheron plante la hache au cœur :

Tel le bloc, attaqué par le ciseau vainqueur,
Se dépouille, et déjà l'on voit l'âme du marbre.

Milon, devenu vieux, voulut fendre un tronc d'arbre :
Le tronc, qu'il entr'ouvrit, se ferma sur ses doigts,
Et Milon fut mangé d'un lion, dans les bois.

C'est ce groupe d'horreur que Puget cherche et taille ;
Voyez-le, ce Milon dont le torse tressaille :
Ah ! le pauvre homme fort !... Voyez ce bras tendu
Qui souffre, pris dans l'arbre, et cet œil éperdu,
Cette face hurlante et vers le ciel tournée,
Tandis que le lion, bête fauve acharnée,
Debout derrière l'homme avec des yeux ardents,
A planté dans la chair ses griffes et ses dents !
Oh ! voyez sous la gueule et sous la griffe affreuse
Comme la chair meurtrie en frémissant se creuse,
Et toute la souffrance éparse dans ce corps
Courir jusqu'à l'orteil qui se crispe d'efforts !

C'est là ce que Puget a sculpté. C'est ce drame.
Pourquoi ? C'est que Milon et Puget n'ont qu'une âme ;
Vieil athlète, dompteur des marbres, le Puget
S'est arrêté souvent, vaincu dans un projet ;
La pierre lui dit : « Non ! » comme l'arbre à l'athlète ;
L'impuissance a saisi sa main, troublé sa tête,
Et tandis qu'il criait en vain vers l'Idéal,
O sphinx plus effrayant que le lion royal,
Il a senti tes dents le couvrir de morsures,
Et ta griffe, mouvante au fond de ses blessures,
Multiplier en lui des angoisses sans fin,
O grand Art dévorant, Monstre ayant toujours faim !

VIII

Pierre Puget, ton œuvre, à tout jamais vivante,
Exprime une douleur qui fait mon épouvante.
Je pense aussi de toi que tu n'as jamais ri.
Homme fiévreux, cerveau visionnaire, un cri
Te suivait ! Tu voulus qu'il sortît de la pierre.
Un Verbe emprisonné se tord dans la matière,
Tu voulus qu'il fût libre : il le fut, ô sculpteur.
Mais la forme obéit à son libérateur,
Et le marbre a gardé, plein d'une âme infinie,
Des poses de vaincu sous ta main de génie.

Tu chargeais tes héros de misère ou d'effroi,
Et la cariatide était l'homme pour toi.

Lorsqu'il te plaît, pourtant, tu sais, sous la caresse
Du ciseau plus léger, exprimer la tendresse,
Créer un corps de vierge aux suaves contours
Et des Anges mutins faits comme des Amours.
L'Andromède est charmante et svelte ; elle est bien femme.
Mais quand tu veux vraiment nous exprimer ton âme,
Tu ne modèles point ces êtres ravissants ;
Tu sculptes tes héros ou tes vaincus puissants !...
On dirait, ô Puget, que les meilleures choses,
Le rire des seize ans, les filles et les roses,
Les tranquilles amours, la paix dans le sommeil,
Les bonnes morts, la joie au lever du soleil,

Les enfants endormis sur les genoux des mères,
Les antiques Vénus, adorables chimères,
Tu les fuyais toujours, grand artiste brutal,
Homme plein de sanglots, de fougue et de mistral !

O vieux maître, ô Puget, depuis qu'on vit à Rome
Un peuple de martyrs, au nom du Fils de l'Homme,
Dans les cirques joyeux dévoré tout vivant ;
Que Jésus a trahi le monde en le sauvant ;
Depuis que Pan est mort et que Vénus la blonde
N'est plus mêlée aux flots pour caresser le monde,
O vieux maître, le monde est triste comme toi !
Le désir désespère, hélas ! et c'est pourquoi
Tu resteras fameux, car, ô puissant artiste,
Ton œuvre souffre, et l'homme est désormais si triste
Qu'il veut voir, prenant part au désespoir humain,
Les pierres se dressant crier sur son chemin !

Tu resteras fameux, car plus on te contemple,
Plus ta figure prend la beauté d'un exemple !
Car, vaste en tes projets, soucieux du détail,
Tu fus, divin manœuvre, un héros du travail ;
Et l'on sent devant toi qu'il reste encore au monde
Un but, une dernière illusion féconde :
Oui, quand l'âme est plus sombre et plus vide d'espoir,
Si l'on saisit l'outil, marteau, plume, ébauchoir,
O merveille ! un travail se fait aussi dans l'âme ;
Un espoir la pénètre; il y naît une flamme,
Elle y grandit, l'inonde et passe dans les yeux ;
Et, l'œuvre terminée, on songe : « Il est des dieux ! »

Tu resteras fameux, ô sculpteur populaire,
Sculpteur de passion, de douleur, de colère,
Pour avoir fait une âme au marbre, et pour l'avoir
Dispersée en frissons, afin qu'on pût la voir,
Dans des corps tourmentés de l'orteil à la tête ;
Pour avoir fait gronder dans l'homme la tempête...
Pour t'être rappelé toujours, génie amer,
Tes maîtres primitifs : Michel-Ange et la mer !

OUVRAGES DU MÊME AUTEUR

Alphonse LEMERRE, éditeur à Paris, passage Choiseul, 27-29.

LES JEUNES CROYANCES, 1 vol. in-18 jésus . . . . 3 fr.
LES RÉBELLIONS. LES APAISEMENTS, 1 vol. in-18 jésus. . . 3 fr.
AU CLAIR DE LA LUNE, comédie en un acte en vers . . . . 1 fr.
PYGMALION, poème dramatique en un acte . . . . 1 fr.
MASCARILLE, à propos en vers pour l'anniversaire de Molière,
   dit à la Comédie-Française par Coquelin aîné, le 15 jan-
   vier 1873 . . . . 50 c.

POUR PARAITRE EN 1875 :

POÈMES DE PROVENCE

Mœurs et Coutumes. — Villes. — Paysages. — Les Cigales.

Un beau vol. in-18 jésus avec fleurons spéciaux.

www.ingramcontent.com/pod-product-compliance
Lightning Source LLC
Chambersburg PA
CBHW061415170626
46811CB00005B/1999